AIDE-MÉMOIRE

DU

SOLDAT

CHANSONS DE ROUTE

(PREMIÈRE SÉRIE)

La Sentinelle. — Le Départ. — Le Fantassin. — L'Arrivée. — La Chanson du soldat. — Le Jeune Alsacien. — La Marche
du régiment. — Le Vieux paysan lorrain.
— Le Retour. —

ABBEVILLE

IMPRIMERIE BRIEZ, C. PAILLART ET RETAUX

90, CHAUSSÉE MARCADÉ, 90

1876

AIDE-MÉMOIRE

DU

SOLDAT

CHANSONS DE ROUTE

—

(PREMIÈRE SÉRIE)

La Sentinelle. — Le Départ. — Le Fantassin. — L'Arrivée. — La Chanson du soldat. — Le Jeune Alsacien. — La Marche
du régiment. — Le Vieux paysan lorrain.
— Le Retour. —

ABBEVILLE

IMPRIMERIE BRIEZ, C. PAILLART ET RETAUX

90, CHAUSSÉE MARCADÉ, 90

—

1876

NOTE.

Les anciens soldats, en disparaissant presque complétement de l'armée, ont emporté avec eux les quelques refrains, où subsistaient encore des traces de l'esprit à la fois grivois et guerrier de nos devanciers. Ce vide, les contingents nouveaux l'ont comblé par des emprunts au répertoire habituel des CAFÉS-CHANTANTS. Pas n'est besoin de dire que les productions de cette catégorie s'alimentent d'ordinaire à des sources frelatées, qui n'ont rien de commun avec les inspirations d'esprit militaire et de dévouement au pays, que l'on doit chercher à éveiller chez les jeunes soldats.

D'un autre côté, par une innovation très-judicieuse dans nos traditions, il a été introduit dans l'instruction du soldat une partie morale, destinée à développer en lui l'amour du métier, la fidélité au drapeau et la fierté légitime que comporte le sentiment du devoir accompli.

Donner à ces divers sentiments une expression accessible aux intelligences les moins développées, et pour les faire pénétrer et les fixer dans l'esprit, les présenter sous la forme élémentaire de la chanson, tel a paru être le meilleur procédé.

Pendant la marche, le soldat aime à chanter. Il est bon

même de favoriser ce goût instinctif, qui lui fournit un moyen de distraction en lui faisant oublier la fatigue. L'utiliser, en occupant son esprit de pensées saines et généreuses, tel a été le but poursuivi.

Cet essai, fort incomplet d'ailleurs, pourrait être largement développé au moyen de faits tirés de notre histoire militaire.

Accompagnés d'une musique très-facile, ces quelques couplets formeraient un petit recueil, qui pourrait, en même temps, servir de livre de lecture au soldat.

CHANSONS DE ROUTE

LA SENTINELLE.

Laboureur ! garde au loin la plaine,
Où le pillard pourrait bien revenir :
Ton miel est doux, ta grange est pleine ;
Il en a gardé joyeux souvenir.
Aux champs, une moisson plus belle
Fascine et tente ses yeux éblouis...
Laboureur ! veille en sentinelle !
Veille encore à la porte du Pays !

II

Forgeron ! veille à ton enclume,
Frappe le fer, trempe le dur acier.
Que leur fibre noire s'allume
Et jette au loin les éclairs du brasier !
Forge vite une arme nouvelle
Aux braves, que la victoire a trahis...
Forgeron ! veille en sentinelle !
Veille encore à la porte du Pays !

III

Chasseur ! garde au loin la clairière,
D'où le fauve au matin voudrait surgir.
La faim allume sa colère ;
Le printemps vient : tu l'entendras rugir.
Ses crocs sont durs, sa dent cruelle
Pour les vieillards, les faibles, les petits...
Veille, chasseur, en sentinelle !
Veille encore à la porte du Pays !

IV

Vigneron ! veille sur ta vigne,
Dresse le cep et ses pampres fleuris.
Que la rouge liqueur soit digne
Des défenseurs que la France a choisis !
Qu'à leur cœur ta séve immortelle
Donne l'ardeur, l'élan des plus hardis...
Vigneron ! veille en sentinelle !
Veille encore à la porte du Pays !

V

Soldat ! garde au loin la frontière,
Que le Prussien menace de franchir.
Le fauve a faim dans sa tanière,
Et le pillard a soif de s'enrichir !
Son salut, à ton bras fidèle,
La France, brave soldat, l'a remis...
Veille, soldat, en sentinelle !
Veille encore à la porte du Pays !

LE DÉPART.

— UN DE MOINS. —

Ils vont deux à deux, en silence ;
Ils sont mornes les prisonniers :
Autour d'eux pesante s'avance
La file noire des geôliers.
Soldat ! bien triste est la défaite !
Plus triste encor son lendemain !
La mort vaut mieux que la retraite.
On meurt de honte et pas de faim.

II

Ils vont deux à deux, en silence,
L'œil abattu, le bras ballant ;
Et pour hâter leur nonchalance,
La crosse les pousse en avant.
— Entr'ouvre-toi, vieux sol de France,
Sous les pieds nus de tes enfants !
La mort sera la délivrance ! —
— « Vorwœrts ! » — hurlent les Allemands !

III

Pourtant un franc fils de Gascogne,
Jadis hâbleur et sans souci :

« Mourir, c'est bon quand on se cogne ;
« Aller crever là-bas.... Merci ! »
Et, tirant du fond de sa poche
Un bout de cigare noirci,
Il l'offre au soudard le plus proche :
« Prussien ! déguste-moi ceci ! »

IV

En cheminant tout bas l'on cause ;
Bien longue est cette route-là !
Soldat français n'est pas morose,
L'Allemand répond toujours : — « ià ! »
— « Ce que tu me dis n'est pas drôle :
Ça ne peut pas durer comm' ça ;
Changeons notre fusil d'épaule :
Il faut se donner de l'air ! » — « ià ! »

V

On traversait la vieille Argonne ;
La route s'avançait sous bois.
« Entends-tu le canon qui tonne ?
« Prussien ! je reconnais sa voix :
« Un de moins !... » Et, comme un tonnerre,
D'un coup lui brisant le jarret,
Il l'envoie mordre la poussière,
S'élance au bois et disparaît.

VI

Les balles fouillent le feuillage,
Mais le soldat est déjà loin.

Et lui, qui se rit de leur rage,
Leur répète encor : « Un de moins! »
Trois mois après, en Picardie,
A chaque ennemi qu'il visait :
« Trop de pillards dans la Patrie !
« Un de moins ! » — Le Prussien tombait !

———

LE FANTASSIN.

—

Le voyez-vous ? la tête haute,
Bon pied, bon œil,
Grimper au sommet de la côte,
Comme un chevreuil.
Il a du souffle et l'âme ardente,
Le jarret dur;
Si sa poitrine est haletante,
Son pied est sûr.

Leste et bien pris, petit de taille,
Et l'œil malin,
Il n'est grand qu'un jour de bataille,
Le fantassin !

II

Artilleur, cavalier, mon frère !
Beaucoup de bruit,
Mais moins de besogne par terre,
Bien moins que lui.
Bien plus vite que ta monture,
Sa balle va ;
Ton obus n'a pas la morsure
De celle-là !

Leste et bien pris, etc.

III

Quand le tambour dans son village
Vint l'appeler,
Il lui fallut tout son courage
Pour s'en aller !
Mais il entendait la Patrie,
Depuis longtemps,
Qui réclamait, pauvre envahie,
Tous ses enfants !

Leste et bien pris, etc.

IV

Quand tout près la première balle
Vint à siffler,
On le vit chanceler, et pâle
La saluer.
Mais il est Français : Bonne race
Ne peut mentir.
La peur ?... un cauchemar, qui passe
Sans revenir !

Leste et bien pris, etc.

V

Conscrit, n'ayant que son courage
Pour tout talent,
Il va toujours, frappant de rage,
Droit en avant !
Ce n'est plus de peur qu'il est blême ;
Ne visant pas,

Il va toujours, tirant quand même,
Et dans le tas !

Leste et bien pris, etc.

VI

Il en a vu de ces journées
Sans feu, ni pain,
Qui semblaient de nos destinées
Marquer la fin.
Il en a gardé souvenance
Et dans son cœur,
Plus grand dévouement pour la France
Et son honneur !

Leste et bien pris, etc.

VII

Il a gardé de ces épreuves
Désir ardent
D'être fort, de faire ses preuves
En défendant
Le sol sacré de la Patrie,
Et sans broncher,
S'il faut un jour même sa vie,
De la donner !

Leste et bien pris, etc.

VIII

Aujourd'hui, sans peur qu'on médise,
De ses plaisirs,

Il est galant pour la payse,
    En ses loisirs.
Mais la véritable maîtresse
    Qu'aime son cœur,
Ah ! c'est la gloire qui caresse
    Un front vainqueur !

    Leste et bien pris, etc.

IX

C'est bien là ton fils, belle France !
    Comme autrefois,
Fait de gaieté, fait de vaillance,
    En vrai Gaulois !
Va ! fantassin, comme tes pères,
    Brave comme eux !.....
Arquebusiers et mousquetaires
    Sont tes aïeux !

    Leste et bien pris, etc.

X

Plus haut encor d'autres ancêtres,
    Ces *gens de pied*,
Qui pratiquaient sous les grands maîtres
    Le dur métier.
C'est là que Bayard veut paraître,
    Et le premier !
Lui, par qui le roi voulait être
    Fait chevalier !

    Leste et bien pris, etc.

XI

Certain lansquenet sans histoire,
        Et né d'hier,
Prétend éblouir de sa gloire
        Tout l'univers.
Pour nous apprendre la vaillance
        Trop tard venu,
Il n'étale que l'arrogance
        D'un parvenu !

    Leste et bien pris, etc.

XII

Il est long, lourd, épais, énorme,
        Tout rond, tout gros !
Tudieu ! la singulière forme
        Pour un héros !
Nous n'avons pas à nous en plaindre,
        Ce fin profil,
La balle saura mieux l'atteindre !...
        Ainsi soit-il !

Leste et bien pris, petit de taille,
        Aux bords du Rhin,
Il grandira dans la bataille,
        Le fantassin !

———————

L'ARRIVÉE.

—

— « Hurrah ! les prisonniers arrivent !
Hurrah ! grande fête à Berlin !
Hurrah ! c'est déjà trop qu'ils vivent !
Allons les voir mourir de faim ! » —

A travers la foule commence
Le lamentable défilé.
Pâle, muet, sombre il avance,
Le vieux bataillon mutilé.
Sanglants débris de notre gloire,
Soldats d'Afrique et de l'Alma !...
— Il n'a donc lu que son histoire,
Tout ce peuple de savants-là ? —

II

Pour mieux étaler leur misère,
On les promène à pas comptés.
Ainsi, le hideux belluaire
Menait des lions enchaînés.
L'épouvante les rend féroces :
« Puisque les voilà désarmés,
Qu'on les achève à coups de crosses,
Ces Français par Dieu condamnés ! »

III

Ce chemin semé de calvaires,
Témoin de tes longues douleurs,
Soldat ! souviens-toi que tes pères,
Vingt fois l'ont refait en vainqueurs.
A l'approche de leur bannière,
Ces Prussiens fuyaient éperdus...
Ils étaient forts ! Et leur colère
Jamais n'insulta les vaincus.

En avant ! Leur grande voix te crie :
En avant ! Soldat ! que tout chemin,
En avant ! pour sauver la Patrie,
Que tout chemin mène à Berlin !

LA CHANSON DU SOLDAT.

—

En avant !
En avant !
En avant ! la France t'appelle !
Conscrit ! laboureur ou berger :
Tu grandis, enfant, sous son aile,
Homme, à toi de la protéger !
Elle t'a donné pour ancêtres
Les plus illustres des guerriers.
Français ! sois digne de tels maîtres !
Les maîtres font les écoliers.

En toi elle a mis confiance,
Sois son soldat, toi, son enfant !
En avant ! et vive la France !
   Vive la France ! en avant !

II

Le jour vient de percer à peine,
Déjà nous sommes en chemin :
Par le vallon et par la plaine,
Comme hier nous irons demain.
L'étape est longue, et la poussière
S'élève épaisse sous nos pas.

Son sac est lourd, mais en arrière
Le soldat ne restera pas !

En toi elle a mis, etc.

III

Le ciel est gris, la terre froide ;
Autour des feux clairs du bivouac,
Le cercle serré de l'escouade
S'étend la tête sur le sac.
Le sommeil fuit notre paupière
Sous l'aiguillon du vent glacé...
Tant mieux ! veillons pour notre mère,
La France, au glorieux passé !

En toi elle a mis, etc.

IV

Le tirailleur depuis l'aurore
Fouille les bois, les défilés :
Il a faim, mais il veut encore
Suivre les uhlans signalés.
La soif sèche sa lèvre blême.
Tirailleur !... le rude métier !
Mais on se trempe à ce baptême :
Au corps de fer l'âme est d'acier.

En toi elle a mis, etc.

V

Elle est sanglante l'escarmouche :
Elle durera tout le jour.

Tant qu'il lui reste une cartouche
Le soldat avance toujours.
Il reçoit plus d'une blessure,
Le sol se rougit de son sang :
Qu'importe ? la victoire est sûre !
Il va toujours en répétant :

En toi elle a mis, etc.

VI

Français ! ce beau nom que tu portes,
Fut celui des plus grands soldats !
Que leurs immortelles cohortes
De leurs fils ne rougissent pas !
A toi d'accroître l'héritage
D'un grand renom cher acheté,
Inspire-toi de leur courage,
Et chante comme ils ont chanté :

En toi elle a mis, etc.

LE JEUNE ALSACIEN.

—

Ils sont partis, tous mes frères d'Alsace !
C'est à mon tour... je vais avoir vingt ans.
Allons ! en route ! ou la serre rapace
De nos geôliers me clouera dans leurs rangs.
Tôit des aïeux ! que la horde étrangère
A profané de son pied scélérat,
Tombe sans nom ! adieu ! pauvre chaumière !
Je pars enfant... je reviendrai soldat !

II

Vous garderez, pauvres plaines meurtries,
Les os blanchis de nos frères tombés !
Embaumez-les des parfums des prairies,
Tressez sur eux un dôme de bluets !
N'éveillez pas leur ombre qui sommeille
Jusqu'au grand jour du suprême combat...
Dormez en paix ! car notre haine veille ;
Je pars sans vous... je reviendrai soldat !

III

Allons ! en route ! et passons la frontière,
Laissons leur proie aux vautours ennemis.
Pars ! orphelin ! ils ont tué ta mère ;
Proscrit ! va-t'en ! tu n'as plus de pays !

Que dis-je ? ingrat ! d'une voix attendrie
Quelqu'un m'appelle en me tendant les bras...
France ! pardon ! salut ! Mère et Patrie !
Sauvés par toi, nous reviendrons soldats !

IV

Si par le fer ta poitrine est ouverte,
Si ton flanc nu sans défense est resté,
Nos cœurs seront, au lieu du roc inerte,
Le vrai rempart de notre liberté !
Et, s'il le faut, un jour pour te défendre,
Ce noble sang qu'à tes fils tu donnas,
Terre de France ! ils sauront te le rendre...
Morts ou vainqueurs, nous reviendrons soldats !

LA MARCHE DU RÉGIMENT.

—

Entendez-vous sa voix vibrante ?
La grande voix du régiment,
Du clairon la note éclatante,
Et du tambour le roulement ?
La foule accourt joyeuse et fière
Pour voir passer ses chers soldats ;
Quand sonne la marche guerrière
Les jeunes filles vont au pas.

Qui ne vient pas, qui ne veut suivre
Quand retentit le cri de ralliement ?
Quand par ses cent bouches de cuivre
A sonné la marche du régiment ?

Autour d'eux la vive étincelle
Voltige sur l'acier brillant ;
C'est la vivante citadelle,
Nouveau rempart à chaque rang.
Le bataillon serré s'avance,
Les chefs au milieu des soldats ;
Le bataillon frappe en cadence
Le sol, qui tremble sous ses pas.

Qui ne vient pas, etc.

Chacun dans sa mâle poitrine
Sent palpiter le même cœur.
Un même souci les domine,
La vieille France et sa grandeur.
Quand le canon a fait entendre
Sa grande voix à l'horizon,
Son rang, chacun vient le reprendre,
Tous répètent à l'unisson :

Qui ne vient pas, etc.

Aux sombres jours de la défaite,
Quand, par les bois et par les prés,
Le vieux clairon haletant jette
Au loin ses accents éplorés ;
Héraut mandé par la Patrie,
Pour crier son nom jusqu'au bout,
C'est encor lui qui les rallie
Les fiers lutteurs, restés debout !

Qui ne vient pas, etc.

LE VIEUX PAYSAN LORRAIN.

———

Dans les bois, à travers la plaine,
Ils ont tiraillé tout le jour.
Ce jour de vengeance et de haine
Les paysans l'ont trouvé court.
A l'horizon l'on voit encore
Brûler les toits incendiés,
Et la nuit retentit sonore
Des clameurs des hameaux pillés !

II

Le Prussien emmène sa proie,
Les prisonniers et le butin,
Et bientôt sa brutale joie
S'enivre en un grossier festin.
— « Ça ! par ici qu'on les amène,
Tous ces brigands de francs-tireurs !
Que faisiez-vous là, dans la plaine ? » —
— « Nous sommes tous des laboureurs. » —

III

Alors un grand vieillard s'avance :
— « Ces pauvres gens vous disent vrai :

« Ils n'ont rien fait qui vous offense.
Je réponds d'eux, je les connais !
Ils labouraient..... au lieu de prendre
Un fusil, la fourche ou la faux,
Pour vous guetter et vous descendre
Vos cavaliers de leurs chevaux ! »

IV

« Ce n'est pas ainsi que la chose
Allait, il y a soixante ans.
Derrière chaque porte close
Veillait l'homme armé jusqu'aux dents.
Chaque buisson avait son hôte,
Sa vedette chaque clocher.
Vos pères ont gravi la côte...
Ce n'était pas sans trébucher.

V

« Voyez-vous là-bas ce village ?
En ce temps-là comme aujourd'hui
Vous vouliez forcer le passage :
Comme alors, il vous en a cui.
Pendant trente ans notre charrue
A roulé vos casques brisés ;
Ma vieillesse s'est souvenue
Pour un matin des temps passés.

VI

« Au point du jour, de leur bourgade
Au bois je les ai fait venir.
Nous étions vingt ; la fusillade
A dû tôt vous en prévenir.

« Nous étions là !... Combien des vôtres
Sont tombés ? J'en ai peu souci.
Nous étions vingt ! De tous les nôtres
Il n'en reste qu'un... Le voici !

VII

« C'est le vieux pays de Lorraine !
Choisissez un autre chemin.
Il vous poursuivra de sa haine
Le fils du vieux pays Lorrain.
La balle tue sans qu'on y pense :
On meurt du moins en bon Français.
Je suis Lorrain ! Vive la France !
Obéir au Prussien ?... Jamais ! »

VIII

Le vieillard les regarde en face,
Ce regard les fait reculer.
— « Ces gens-là sont de forte race, » —
Dit le chef. — « Qu'on le laisse aller ! » —
Le lien coupé glisse à terre.
Un coup part !... Le vieillard tombait !
— C'est un Prussien, qui, par derrière,
Tremblant de peur, l'assassinait ! —

LE RETOUR.

———

Depuis trois mois je suis votre hôte.
Bons Prussiens, ne m'en voulez pas !
Vraiment ! Ce n'était pas ma faute,
Et par instants j'en étais las.
Votre ordinaire n'est pas riche ;
Jaune le lard, et noir le pain ;
Mais quand on aime le pois chiche,
On a de quoi mourir de faim.

Il est enfin venu le jour de délivrance !
Bons ennemis, ne pleurez pas !
C'est malgré vous, je sais, que je retourne en France !
Nous causerons de vous là-bas !

II

En Prusse l'on fait maigre chère,
Là-bas en France, quels festins !
L'excellent moyen que la guerre
Pour se remplir les intestins !
On vous dit creux, voraces même
D'un appétit tant animal...
Quand on a fait longtemps carême,
Ce n'est pas trop d'un carnaval.

III

A voir votre mine bonasse,
On vous croirait d'assez bon cœur ;
Votre chevelure filasse
Est souvent un signe trompeur.
Vous n'aimez pas que l'on vous blague,
Esprit épais n'est point railleur,
Et puis, on comprend que la schlague
Ça doit vous assombrir l'humeur.

IV

Pendant que sous vos toits de neige
Nous grelottions nus et transis,
Vos bons soldats, — que Dieu protége ! —
Se vêtissaient de nos habits !
Vous leur envoyiez des chaussettes,
Qu'un bon voisin donnait pour nous.
Vous savez bien, gueux que vous êtes,
Qu'ils n'en portaient jamais chez vous !

V

Tout Allemand est économe,
Et vos soldats l'ont bien montré :
Ils n'ont fait que ranger en somme
Cé qu'en route ils ont rencontré.
J'ai vu passer à la frontière
Nos tableaux, notre mobilier...
Votre science de la guerre
N'est donc que l'art de bien piller ?

VI

Que d'autres parlent de la gloire :
Vous jugez que ça sonne creux ;
Ce qu'on trouve au fond d'une armoire
Ça pèse plus, ça se vend mieux.
La guerre, c'est votre commerce,
Marchands de lauriers d'occasion !
L'oreille jaune du juif perce
A travers la peau du lion.

VII

J'ai vu d'antiques véhicules,
Pliant et grinçant sous le poids
De nos bahuts, de nos pendules,
Noble produit de vos exploits.
Vous pillez même la chaumière,
Car j'ai reconnu... grands vainqueurs !
Le vieux lit où mourut mon père.....
— A la potence les voleurs ! —

VIII

Ce jour-là, j'ai senti ma chaîne
Peser encor plus lourdement,
Et puis une implacable haine
Pour tout ce qu'on nomme Allemand.
Si je l'oubliais, que je meure !
J'ai fait serment de me venger :
La pendule sonnera l'heure
De son retour chez l'horloger !

Il est enfin venu le jour de délivrance !
Adieu ! Ou plutôt au revoir !
Mais si jamais, Prussiens, vous revenez en France,
J'y serai pour vous recevoir !

ABBEVILLE. — IMP. BRIEZ, C. PAILLART ET RETAUX.

www.ingramcontent.com/pod-product-compliance
Lightning Source LLC
Chambersburg PA
CBHW072300210626
46818CB00017B/1935